Die Walkultur in Grönland

Vito de la Vera

Die Walkultur in Grönland

Meine Reisen

Kontrafaktische Archäologie

Redaktion: Vito de la Vera
Korrektur: Vito de la Vera

Forlag: BoD – Books on Demand, Hellerup, Danmark
Tryk: BoD – Books on Demand, Norderstedt, Tyskland

ISBN: 9788743044956

§ § §

Die Archäologie ist eine Besonderheit unter den Wissenschaften. Man weiß nicht unbedingt, was man sucht und erst recht nicht, was man findet. Alles, was Sie zu wissen glaubten, kann sich mit nur einem einzigen Fund ändern, der alles verändert.

So kam ich hierher nach Scoresbyland in Nordostgrönland.

Über die Inuit- und Thule-Kultur, die sich vor 700 Jahren im arktischen Archipel und Grönland verbreitete, ist viel bekannt und ist bis heute der Ursprung der heutigen Inuit-Kultur.

Aber vorher gab es hier oben in der Arktis eine andere Kultur. Eine viel ältere Kultur, die wir die Dorset-Kultur nennen. Unsere Museen haben Objekte aus dieser Kultur, die zwischen 1000 und 2000 zählen, aber da die Kultur bereits verblasste, als die Thule-Kultur mit der kleinen Eiszeit einherging, ist es spärlich, was wir darüber haben.

Während seiner Thule-Expeditionen bei den Inuit hörte der bekannte Knud Rasmussen Legenden über die längst vergangene "Tunit". Giganten der Vergangenheit, die mit dem Aufkommen der Inuit verschwunden waren. Tunit hat jedoch viele Spuren hinterlassen.

Sie lebten in Häusern, so findet man in der Arktis Ruinen von Tunits Siedlungen, die auch von Therkel Mathiasen während der Thule-Expeditionen ausgegraben wurden.

Vieles deutet darauf hin, dass sich die Dorset-Kultur in ihrer letzten Phase befand, lange bevor die Thule-Kultur kam, und dass sie nicht so gut an das kältere Klima angepasst war wie die Inuit. Ihre Zeit war vor der Kleinen Eiszeit, als die Arktis gastfreundlicher war.

Und jetzt, wo sich der Klimawandel für die Arktis wieder lockert, werden immer mehr kulturelle Überbleibsel von Tunit wieder ans Licht gebracht.

Unter anderem wurden viele Petroglyphen gefunden, die wir auch aus der europäischen Antike kennen.

Die Dorset-Kultur hat viele zurückgelassen und sie sind eine der nachdrücklichsten Erinnerungen an sie.

Es sind auch Petroglyphen, die mich hierher nach Scoresbyland geführt haben, wo ich, der diese Worte schreibe, nicht weit von der Forschungsstation Zackenberg entfernt bin, wo kürzlich diese speziellen Petroglyphen gefunden wurden, die andere leider nicht viel beachtet haben, aber ich denke, sie sind es von größter Bedeutung!

Normalerweise wird die älteste der Dorset-Kultur auf 1000-800 v. Chr. gesetzt, aber die Kultur war lange im Sterben und nicht so gut an die kalte Arktis angepasst wie die darauf folgende Thule-Kultur. Daher war die zwingende Frage der Dorset-Kultur ob die die langsame Anpassung und der Tod einer noch älteren arktischen Kultur war, die jedoch an eine wärmere Arktis angepasst war.

Vieles könnte darauf hindeuten, dass die Dorset-Kultur die Überbleibsel einer Kultur rund um den Arktischen Ozean ist, die ihren Höhepunkt während des Holozän-Maximums um 5000-2000 v. Chr. hatte. In dieser warmen Zeit wäre der Arktische Ozean eisfrei und weitaus gastfreundlicher gewesen, weshalb er auch eine andere Kultur fördern konnte.

Dafür habe ich Hinweise gefunden und bin jetzt hier in Scoresbyland, um die Petroglyphen zu untersuchen. Beweise dafür, dass es unterhalb des holozänen Maximums eine arktische Kultur gab, die zeitgleich mit unserer Bronzezeit war und die langsam degenerierte und unter den kälteren Bedingungen nach Süden floh, bis die Kleine Eiszeit schließlich die traurigen Überreste ihrer Kultur beendete.

Meine Reise verläuft grundsätzlich gut. Scoresbyland hat einen wunderschönen arktischen Sommer und ich konnte meine Yacht

L'Aguila hier mit einem Zwischenstopp in Scoresbysund segeln, wo ich mich eingedeckt habe.

Beim Segeln gab es keine größeren Probleme, da der ostgrönländische Meereis nicht mehr das ist, was er war. Es gibt fast einen Einblick, wie das Meer für die holozäne Kultur in der Arktis war.

Das Meer war reich und lieferte, was man brauchte. Wie alle arktischen Kulturen muss die holozäne Kultur auch unter wärmeren Bedingungen vom Meer und den Weidetieren an Land abhängig gewesen sein.

Die Frage ist dann, wie weit es sich entwickelt hat. Hatten sie vielleicht irgendeine Form von Aquakultur? Es gedeiht in arktischen Gewässern. Ich vertraue den Bildern der Petroglyphen, dass sie mir etwas zeigen können.

In Scoresbyland grasen die Moschusochsen zufrieden mit der Fülle des arktischen Sommers. Weiter unten in den Fjorden tauchen ab und zu die großen Flossen und Rücken der Wale auf, wenn sie die Wasseroberfläche durchbrechen.

Das sollte man sich bei der Arktis immer merken. Die Untröstlichkeit des Winters wird durch die Fülle des Sommers ersetzt, solange die Sonne ewig am Himmel steht und das Licht die Landschaft in seine Strahlen taucht.

Die arktische Flora umgibt mich in voller Blüte und bietet Moschusochsen, Rentieren, Insekten und Vögeln reichlich Nahrung. Die kurze Wachstumsperiode macht die Explosion des Lebens nur noch beeindruckender, wenn alle Blumen gleichzeitig blühen.

Es nützt mir nicht unbedingt alles, wenn viele Insekten in der Luft sind. Die Mücken sind ansprechbar, aber ich habe das klassische grönländische Moskitonetz über Kopf und Gesicht, sodass ich nicht ganz als Buffet ende.

Überall ragen die Felsen in die Landschaft, dazwischen verlaufen die Flüsse mit Schmelzwasser.

Der arktische Sommer bietet viel gutes Wetter. Das Wetter wird nur manchmal schlecht, aber dann ist es auch wirklich schlecht!

Endlich sehe ich die Felsen, die ich suche. Es ist eine große, leicht abfallende Felswand in der Landschaft. Es hat eine riesige, leicht zugängliche Fläche zum Schnitzen, wie es gerade die fernen Tunit getan haben.

Voller Vorfreude laufe ich schnell auf mein Ziel zu. Darauf habe ich gewartet!

Es ist so! Der Fels ist mit Petroglyphen gefüllt, die gesamte Oberfläche hat Einschnitte! Ich kann es kaum glauben!

Ich stelle meinen Rucksack ab und beginne sofort mit dem Auspacken. Farbe, Pinsel, Kohle, Pauspapier und Kamera.

Zuerst die Farbe! Ich nehme einen Pinsel und öffne einen Eimer Farbe. Die Petroglyphen werden erst durch das Aufmalen klar und vollständig sichtbar, ansonsten sind es nur Kratzer im Fels, obwohl die Künstler hier zu ihrer Zeit Felsen gewählt haben, deren Oberfläche durch Wind und Wetter anders gefärbt ist als das Innere. Seit ihrer Herstellung sind sie also vollständig sichtbar. Aber das ist lange her. Wind und Wetter haben es längst verfestigt.

Das werde ich aber bald nachholen! Ich verwende sogar Farbe, die im Dunkeln nachleuchtend wird. Es macht jetzt im Sommer nicht viel Sinn, aber wenn man zurückkommt, wenn die Zeit der Dunkelheit gekommen ist, werden die Petroglyphen leuchten. Eine ziemlich gute Idee finde ich selbst.

Ich habe einen guten Start beim Malen. Und manche Formen machen auch Sinn. Ich bin sicher, diese runden Hörner sind die Moschusochsen, die in der Nähe grasen. Und Walschwänze, wie wir sie selbst reproduzieren.

Es ist eine Fülle von Charakteren. Einige sind stilisierter als andere. Es könnte fast eine bildschrift sein.

Für mich sind jedoch die tatsächlichen Bilder am hilfreichsten. Der Wal hat eindeutig einen großen Einfluss auf die holozäne Kultur als Ressourcenbasis. Ein einzelner Wal hat enorme Ressourcen in Form von Nahrung, Fett und Öl zum Heizen und Kochen gesammelt. Außerdem Häute und Knochen für Werkzeuge.

Der Wal war bei all den Bildern, die ich finde, zweifellos von großer Bedeutung. Und sie haben sie in seltsame Gefäße gejagt. Einer hat eine Kugel über dem Boot. Ich frage mich, was es signalisiert?

Der Wal steht jedoch nicht allein. Fischschwärme und Algen sind auch dabei und natürlich sticht auch die Robbe hervor. Viele der Bilder sind leicht zu entziffern. Ein Bild spricht über Zeit und Kultur hinweg. Von Landtieren sind sowohl der Moschusochse als auch das Rentier da und auch Nanoq, der mächtige Eisbär, der wie in der aktuellen Inuit-Kultur Ehrfurcht eingeflößt hat.

Ich male viele Petroglyphen, aber es bildet immer noch nur einen kleinen Teil des großen Felsens.

Es gibt hier seit langem Arbeit, aber ich fühle mich bestätigt, dass es wirklich eine vergangene Kultur um den Arktischen Ozean unterhalb des holozänen Maximums gegeben hat und dies sehr wohl der ferne Ursprung der Dorset-Kultur sein könnte.

Es gibt viele Markierungen von Booten, so dass sie maritim orientiert waren. Die Boote wurden aus Knochen und Häuten gefertigt. Im Großen und Ganzen deutet vieles darauf hin, dass sie viel mit tierischen Produkten für ihre Häuser, Gefäße und Werkzeuge gearbeitet haben. So finde ich eine Schnitzerei, die einer Halle aus Walrippen ähnelt. Es muss eine Art Gemeinschaftshaus gewesen sein.

Das mag erklären, warum nach ihnen so wenig gefunden wurde. Obwohl das meiste davon aus tierischen Produkten hergestellt wurde, ist es längst verschwunden. Nur die Knochen werden in irgendeiner Weise bleiben können und viele davon sind wahrscheinlich im Meer gelandet.

Aber was in Stein gemeißelt ist, ist weitaus haltbarer, denn all diese Petroglyphen sind ein klares Zeichen dafür.

Es muss an manchen Stellen auch Fundamente von Torfhütten geben, die nach der Dorset-Kultur gefunden wurden, aber man muss sie finden und hier gibt es keine Einheimischen, die gerade daran vorbeigekommen sind, wie es Knud Rasmussen auf der 5. Thule-Expedition gefunden hat. In den Petroglyphen, die ich gemalt habe, sehe ich jedoch keine Torfhütten. Waren Torfhütten vielleicht eine Entwicklung für ein kälteres Klima?

Es ist schwer, einen ganzen Tag zu malen, obwohl es rund um die Uhr hell ist, muss man immer noch schlafen, ganz zu schweigen davon, dass man überhaupt etwas zu essen bekommt. Es ist ein Glück, dass die Klippe so nah am Fjord liegt, dass ich an Bord L'Aguila zurückkehren kann, wenn ich müde bin. Es wäre gefährlich, allein in der Wildnis zu schlafen, wenn ein Eisbär zu Besuch kommen würde.

Ich packe zusammen und möchte nur ein Foto von meinen Fortschritten machen, aber die Kamera funktioniert nicht. Das ist typisch! Am besten, wie man es verwenden sollte! Nun, zum Glück habe ich viel Pauspapier, aber es ist sklavisch.

Ich kehre zum Fjord zurück, wo L'Aguila vor Anker liegt. Ich habe mein kleines Ruderboot an Land gezogen. Ich hole es im See, stelle den kleinen Motor an und steige nach L'Aguila aus. Sie ist mein zweites Zuhause. Es ist immer schön, an Bord zu kommen. Ich kann etwas zu Essen hinstellen und etwas Zeit haben, um diese Seiten über die Arbeit des Tages zu schreiben. Ich bin erleichtert, so viele Beweise dafür zu sehen, dass die Arktis besiedelt war, lange bevor die Geschichtsschreibung normalerweise denkt. Viele Historiker zögern zu akzeptieren, dass es ältere Kulturen außerhalb der gewöhnlichen gibt. Sie haben vergessen, dass es in der Geschichte auch darum geht, Neues zu entdecken, auch wenn man sich mit der Vergangenheit beschäftigt. Viele zögern direkt, die tiefere Vorgeschichte Grönlands anzuerkennen.

Hier sollte die Archäologie einspringen können, wenn Historiker nur auf schriftliche Quellen schauen wollen, aber viel zu viele Archäologen wollen nur bekannte Dinge oder Gräber bewahren, wo andere schon einmal gegraben haben und komfortable Hotels in der Nähe sind. Wirklich rauszugehen und Neues zu finden und zu riskieren, auf einige Zehen zu treten, die Beförderungen geben könnten, gibt es nicht viel Verlangen. Ich konnte nicht einmal einen einzigen finden, der mich auf meiner Reise hierher begleiten würde. Es wurde als lächerlich empfunden!

Glücklicherweise habe ich die Mittel zur Selbstfinanzierung, da nicht viele Lust hatten, mich bei meinen Bemühungen zu unterstützen.

Es ist traurig, dass es so ist, aber es darf die Arbeit nicht behindern. Wenn ich geschlafen habe, werde ich weiterarbeiten.

Ich bin wieder an der Klippe. Die Sonne steht im Norden, es ist also im strengsten Sinne Nacht, aber das spielt hier oben keine Rolle. Man schläft, wenn man müde ist.

Vorwärts mit dem Pinsel wieder! Es gibt genug zu tun, indem man die Vergangenheit aufmalt. Es gibt unglaublich viele Petroglyphen auf diesem Felsen. Es ist wahrscheinlich fast eine Bibliothek, die von dieser fernen und vergessenen Kultur hinterlassen wurde. Ich finde einige der seltsamen Boote mit Ellipsen oben.

Sie scheinen Wale und andere Tiere davon zu jagen. Seltsamerweise gibt es ein Bild, auf dem sie auch Moschusochsen jagen. Es ist bekannt, dass sich ein Künstler Freiheiten genommen hat, aber die Harpune war sicherlich eine beliebte Waffe.

Es gibt auch Bilder, die sicherlich Qulliq oder Schmalzlampen sind. Es ist ganz natürlich in einer Welt ohne Holz. Die Schmalzlampen sind auch mit anderen Konstruktionen abgebildet, mit denen sie verwendet worden sein müssen. Speck und Schmalz haben einen viel höheren Brennwert als Holz, so dass man in einer Welt, in der es gut zugänglich ist, auch viel Energie zur Verfügung hatte.

Auf jeden Fall scheint es, dass sie die Hitze der Scmalzlampen genutzt haben.

Das Bild, das sich für mich ergibt, ist sicherlich eine fortschrittlichere Kultur, die im wärmeren arktischen Klima unterhalb des holozänen Maximums gedieh. Die darauffolgende Kälte hat diese Kultur sicherlich stark zurückgedrängt, bis sie zur Dorset-Kultur wurde, wie wir sie kennen. Das Tunit Volk wurde so nach Süden gedrängt und hat dort unter weit härteren Bedingungen überlebt als seine Vorfahren, die den Überschuss hatten, auf dieser Klippe so viel von sich selbst zu schnitzen.

Es scheint mir, dass ein Teil dessen, was ich hier male, auch eine Anleitung ist, wie man verschiedene Objekte herstellt. Es kann sein, dass es sogar für den Unterricht verwendet wurde. Jedenfalls wird detailliert beschrieben, wie aus den mit Fellen bedeckten Rippen des Wals und mit Bauchfellen als Fenster eine Walhalle gebaut wurde. Es hat ganze Knochenstädte gegeben, in denen die fernen Tunit gelebt haben, und diese Hallen konnten abgebaut werden, damit die Städte den Fang in den Booten verfolgen konnten. Alle Transporte haben auf dem Seeweg stattgefunden. Es gab keine Transporthunde, wie wir die Arktis heute sonst kennen.

Ich male, was am ehesten einer Zeichnung einer Tunit-Stadt ähnelt. Dies sind die sternförmig angelegten Hallen aus Walrippen, die von einem zentralen Platz ausgehen. In der Nähe sehe ich einige der Boote mit der seltsamen Ellipse darüber und am bemerkenswertesten ist, dass an Bord der Boote Feuer brennt. Es ist sehr seltsam, dass sie Schmalzlampen mit Brandgefahr an Bord haben sollten. Trotzdem passen die Symbole. Und wieder Schnitzereien, die die Jagd von Moschusochsen von den Booten aus zeigen.

Es könnte spannend sein, die Gegend zu erkunden und zu sehen, ob es noch andere Anzeichen der holozänen Tunit als nur diese Petroglyphen gibt. Sie müssen oft hierher zurückgekehrt sein, um weitere Bilder in den Fels zu ritzen und ihre Geschichte für die Nachwelt zu erzählen.

Es regt zum Nachdenken an, wie wenig Spuren eine Kultur hinterlassen kann, so dass es scheint, als wären sie nie hier gewesen. Wenn genug Zeit vergangen wäre, wären auch diese Schnitzereien vom Felsen abgetragen worden und nichts wäre übrig geblieben.

Mich überfällt eine Neugier, die mich dazu bringt, den Pinsel zu legen und in der herrlichen Natur, die mich umgibt, spazieren zu gehen. Es fühlt sich vom Menschen völlig unberührt an, was es auch seit mehreren hundert Jahren war, bis die norwegischen Pelzjäger eintrafen, die zur Gründung von Scoresbysund durch die dänische Regierung führten, um Ansprüche auf Nordostgrönland aufrechtzuerhalten. Eine Anforderung, die bei Patrouillen mit der Sirius Patrol auch im Winter, wenn andere Länder ihre Patrouillen nach Süden ziehen, noch wartungsbedürftig ist.

Ich bleibe ein wenig oben in Bezug auf das Meer. Wie Therkel Mathiasen während der Expedition von Knud Rasmussen herausfand, befanden sich die Siedlungen der Tuniten hoch über dem Wasser, als der Wasserspiegel in der Folge sank und das Land anstieg. Es versteht sich von selbst, dass das Land seit dem Holozän-Maximum stark gestiegen ist und gleichzeitig der Wasserstand in dieser Warmzeit höher war.

Dies zeigt sich auch in der bronzezeitlichen Stadt Ur in Mesopotamien, die heute tief im Landesinneren liegt, damals aber eine

Hafenstadt war. Daher muss ich auch hier weiter oben an Land Siedlungsspuren finden.

Ich folge der Landschaft entlang einer Klippe, die damals vielleicht die Küstenlinie war. Ich hoffe etwas so nahe am Felsen zu finden.

Natürlich ist es Zeitverschwendung, meine Arbeit mit den Petroglyphen zu unterbrechen, um nach etwas zu suchen, von dem ich nicht weiß, ob ich es finden werde, aber ich habe das Gefühl, dass die Petroglyphen mir eine Vorstellung davon gegeben haben, wonach ich suchen soll. Wenn es hier oben Knochen von Meerestieren gibt, müssen sie von jemandem zu einer Zeit hierher gebracht worden sein, als das Meer näher war, also muss ich ein Auge darauf haben. Hoffentlich gibt es einige Stellen, an denen keine Torfschicht über die archäologischen Funde gewachsen ist.

Ich finde eine hohe Stelle, von der aus ich die Umgebung überblicken kann. Da drüben sehe ich den Felsen mit meinen Petroglyphenbildern. Es warten noch viele Malerarbeiten. Unten im Fjord sehe ich L'Aguila im ruhigen Wasser liegen und auf der Ebene Rentiere und Moschus grasen.

Ich schaue zurück auf den Felsen mit den Petroglyphen. Wo wäre eine Siedlung in Bezug auf die Klippe sinnvoll? Ich lasse meinen Blick über die Landschaft und die Erhebung gleiten, die in ferner Vergangenheit Küstenlinie war.

Es gibt eine Erhebung in der Landschaft, die in geeigneter Entfernung vom Ufer leicht ansteigt. Es könnte eine gute Option sein. Ich beschließe, es zu versuchen, dorthin zu gehen. Da ist auch was im Torf. Dies könnten die Reste sein, die ich suche.

Vom Aussichtspunkt bis zur Erhebung, die sich in einem sinnvollen Abstand zum Felsen mit Petroglyphen befindet, ist es ein zügiger Spaziergang.

Ich erreiche die Anhöhe und stehe bald darauf und schaue zu meiner Freude, dass hier wirklich Knochenreste sind! Die Torfschicht ist dünn, so dass die Schicht die Knochenreste nicht bedecken konnte.

Ich schnappe mir einen Knochen und hebe ihn aus dem Torf. Es ist wirklich eine Walrippe hier oben vom Meer! Es kann nur hierher gebracht werden! Schnell wird klar, dass sich auf dem Gelände mehrere Walknochen befinden. Natürlich haben Jahrtausende von

Wind, Wetter und Tieren nicht viel System hinterlassen, aber dennoch gibt es hier Knochen, die vermuten lassen, dass es an diesem Ort eine größere Siedlung gegeben hat.

Ich setze mich und betrachte die sternenförmigen Walhallen, die hier in der fernen Vergangenheit gewesen sein müssen, und wie wenig von diesen Menschen noch übrig ist. Ohne die Petroglyphen hätte ich hier auf der Erhebung kaum weiter über leicht verstreute Knochen nachgedacht oder wäre bis zum Aussichtspunkt gegangen, um nur nach weißen Knochen im Torf zu suchen.

Jetzt habe ich neben dem Fels mit Petroglyphen auch eine Ausgrabungsstätte. Natürlich beweisen einige Walrippen und - knochen nicht viel, aber es könnte etwas Beschreibenderes zu finden sein.

Ich schaue ein wenig auf die Walrippe und bemerke, dass darin Kerben gemacht wurden. Es war zweifellos um die Haut darüber zu spannen. Es ist dann ein kleiner Beweis für die Ausrichtung mit Werkzeugen.

Ich gehe ein bisschen um den Hügel herum und finde auch kleine Knochen, aber diese entfernten Leute waren immer gut darin, nicht viel zurückzulassen. Sie müssen fast alles verbraucht haben und daher ist auch nicht viel übrig geblieben. Die besten Funde liefert oft Küchenabfallhaufen, wie wir ihn von Ertebølle kennen. Aber wenn alles von der Beute verbraucht und komplett abgenutzt ist, wird es schwierig, Überreste zu finden.

Zumindest hatte ich den Ort gefunden. Ich nehme die Rippe und die anderen Kleinigkeiten mit. Ich werde mich auf die Petroglyphen auf dem Felsen konzentrieren und darauf zurückkommen, wenn ich alles gemalt habe. Wenn nur die blöde Kamera funktionieren würde!

Zuerst fahre ich hinunter zum Fjord und lege meine Fundstücke in das Landungsboot. Ich habe noch Zeit, ein wenig die Klippe hinauf zu arbeiten, also beeile ich mich dorthin.

Von der Klippe aus kann ich auf die Erhebung sehen, wo die Siedlung war. Es ist nur eine kurze Strecke. Sie konnten die Klippe von der Siedlung aus sehen, sobald sie bewohnt war.

Ich frage mich, ob es in anderen Siedlungen nicht mehr solche Felsen gibt, die sie gehabt haben müssen, als sie der Beute folgten?

Und es muss andere Stämme gegeben haben, die ihre hatten. Wie verbreitet was diese Kultur? Hat es den gesamten Arktischen Ozean umgeben? Wo ist es entstanden und verbreitet? Die Fragen tauchen auf und stehen Schlange, aber ich muss die Antworten nach und nach finden.

Ich male mehrere Petroglyphen von Schmalzlampen. Es ist ganz klar, dass es für die Kultur von zentraler Bedeutung war. Etwas könnte darauf hindeuten, dass es vor der Saqqaq-Kultur in Westgrönland war. Vielleicht hat es sich sogar von der holozänen Kultur auf die Saqqaq-Kultur und weiter auf die Dorset-Kultur ausgebreitet. Es kann daher eine Verbindung zwischen der Holozän-Kultur und der Independence I-Kultur und der Saqqaq-Kultur bestehen, die später in die Independence-II-Kultur und in die Dorset-Kultur übergegangen ist. Somit kamen diese Kulturen, wenn sie von der holozänen Kultur abstammen, nach dem holozänen Maximum aus dem Norden.

Normalerweise gelten Schmalzlampen seit ca. vor 4000 Jahren, aber es könnte darauf hindeuten, dass es aus dem Norden stammt, von der holozänen Kultur, die nach Süden gezogen wurde.

Den Petroglyphen scheint jedoch zu entnehmen, dass die Schmalzlampe in der holozänen Kultur wie alles andere aus Knochen bestand. Es war keine ausgeprägte Steinkultur. Ihre Schmalzlampen scheinen aus den Petroglyphen aus ausgehöhlten Knochen zu bestehen, die es auch ermöglicht haben, die Hitze und das Feuer in bestimmte Richtungen zu lenken.

Vielleicht sind die Schmalzlampen aus Speckstein, wie sie aus der Saqqaq-Kultur bekannt sind, von den älteren Knochenfettlampen inspiriert, die aus dem Norden kamen. Specksteine können aufgrund des schlechteren Walfangs die Knochen ersetzt haben, was für die holozäne Kultur wichtig war, um Knochen zu erhalten, die groß genug für ihre Schmalzlampen waren.

Das Fehlen von Walknochen hat es auch schwierig gemacht, die Bootstypen herzustellen, die ich in den Petroglyphen finde. Dieser Mangel kann den Rückgang der materiellen Kultur erklären, der von dem, was ich hier finde, und dann von den Independencekulturen und der Saqqaq-Kultur herrührt, wo dann eine Anpassung mit der Dorset-Kultur stattgefunden hat.

Das Ende des Holozän-Maximums hat die Kultur einfach nach Süden und weg vom Arktischen Ozean gedrängt und dabei die Möglichkeit verloren, genügend Wale zu fangen, um eine auf Walen als Rohstoffquelle basierende Kultur zu erhalten.

Die Walkultur wurde somit durch den Fortschritt des Eises zerstört, was die Abhängigkeit von Landtieren erhöht hat, wie dies in den Independencekulturen zu sehen ist, die auf der Landjagd beruhen. Unterhalb des Holozän-Maximums konnten Wale das ganze Jahr über gejagt werden.

Die große Frage ist, wie sich die Walkultur nach Süden bewegte und über die Independencekultur und die Saqqaq-Kultur zur Dorset-Kultur wurde.

Es muss ein abrupter Klimawechsel gewesen sein, der die Meeresorientierung der Walkultur auf die eher landbasierte Kultur der Independence I reduziert hat. Aber wenn der Zugang zu Ressourcen durch ein kälteres Klima unterbrochen wurde, dann ist auch die Kultur relativ schnell untergegangen und es gibt nicht viele Reste, weil sie auf tierischen Produkten und nicht auf Steinen basiert war.

Der ganze Teil des Felsens, den ich jetzt bemalt habe, scheint sich um Schmalzlampen zu drehen, bei denen die Variation sehr groß war. Schmalzlampen sind vielleicht so viel gesagt. Sie sehen nicht ganz aus wie die Lampen, die wir aus späteren Kulturen kennen, aber sie basieren sich auf Schmalz, so viel ist klar. Es ist der einzige Treibstoff, den die Arktis reichlich zur Verfügung stellt.

In der Walkultur gab es viele Schmalzlampen aus ausgehöhlten Knochen und Walrippen, bei denen Feuer und Hitze in einem Strahl nach oben durch den Knochen konzentriert werden konnten.

Sie scheinen also sehr geschickt darin gewesen zu sein, Feuer und Hitze in eine bestimmte Richtung zu fokussieren. Daher müssen sie auch große Kontrolle darüber gehabt haben, wo und wofür sie die Hitze aus dem Schmalz einsetzen wollten.

Ich male eine Petroglyphe, die eine der langgestreckten Schmalzlampen zeigt, die eine Haut aufblasen. Sie konnten Haut- oder Darmhautballons herstellen! Es ist unglaublich!

Durch die Bündelung der Hitze der Schmalzlampen konnten sie einfach Heißluftballons herstellen. Es ist eine unglaubliche Leistung, die bis in die Stein- und Bronzezeit zurückreicht, Heißluftballons herstellen zu können.

Ich muss mich hinsetzen und es einwirken lassen. Diese Kultur hier oben im hohen Norden hat es geschafft, Heißluftballons zu bauen! Nach einiger Zeit des Nachdenkens macht es tatsächlich Sinn. Mit ihrem reichlichen Zugang zu Schmalz hatten sie Zugang zum konzentriertesten Brennstoff der Zeit. Und alles, was sie sonst noch brauchten, bekamen sie auch direkt von ihrer Beute, und solange der Fang gut war, hatten sie genügend Zeit im Überfluss, um Dinge zu entwickeln. Sie hatten keine Felder, die all ihre Zeit und Mühe erforderten.

Aber dann muss es auch heißen, dass die seltsamen Boote mit den Ellipsen oben Heißluftballons mit Gondeln unten waren. Sie haben aus der Luft gejagt! Es erklärt auch, dass sie auch bei der Jagd auf Landtiere dargestellt wurden. Aus der Luft können Sie sowohl an Land als auch auf See jagen.

Und als sie mit ihren Schmalzlampen einen konzentrierten Jet machen konnten, konnten sie auch in ihren Luftschiffen Vortrieb machen.

Ich bin total überrascht. Das ist mehr, als ich jemals erwartet hätte, als ich hierher kam, um die Petroglyphen zu studieren. Denken Sie daran, eine so fortgeschrittene Kultur zu finden, die hier oben vor so langer Zeit existierte, weit entfernt von den bekannten Kulturen.

Mir fällt plötzlich auf, dass, wenn es der Walkultur einmal gelungen ist, den arktischen Himmel nach Walen zu segeln, das Meer für sie keine größere Barriere mehr darstellt. In der Luft konnten sie auf der Suche nach den großen Meeressäugern alle Küsten rund um den Arktischen Ozean erreichen. Sie wurden nur durch die Verteilung ihrer Primärfänge begrenzt.

Es ist kaum zu glauben, dass es hier oben eine solche Kultur gegeben haben konnte, wenn nur die klimatischen Bedingungen günstiger waren.

Es fällt mir auch auf, dass die Walkultur, sobald sie sowohl über Wasser als auch über Land reisen konnten, nicht mehr aus dem Süden über den arktischen Archipel gekommen sein muss. Es kann sich direkt entlang der Küsten des Arktischen Ozeans oder sogar über den

Arktischen Ozean ausgebreitet haben! Wo haben sie ursprünglich ihren Ursprung?

Diese Frage sitzt in mir, während ich wieder an Bord L'Aguila bin. Ich habe eine Vorstellung davon, was mit der Walkultur nach dem Holozän-Maximum passiert ist. Sie verfielen mit dem kälteren Klima und wurden über die Independencekulturen und die Saqqaq-Kultur zum Tunitvolk und zur Dorset-Kultur. Aber woher kamen sie? Sie sind entstanden und haben sich mit ihren Luftschiffen über den Arktischen Ozean ausgebreitet, aber wo wurde der Stein für diese Kultur gelegt? Das kann ich aus den Petroglyphen hier am Ende der Welt nicht ableiten, aber ich kann spekulieren. Ihre Kultur war für ihre Technologie so abhängig von Walen, dass sie sich dort entwickelt haben muss, wo es einen guten Zugang zu diesem großen Meeressäuger gab. Und mit gutem Zugang, meine ich, sie hätten leicht zu fangen sein sollen. Von dort aus müssen sie sich im Arktischen Ozean ausgebreitet haben.

Mir ist klar, dass ich, wenn ich hier mit der Erforschung und Dokumentation des Gesteins fertig bin, nach Berichten über ähnliche Gesteine und Funden von großen Mengen geschnittener Walknochen suchen muss. Dies sollte mich auf die Spur von Gebieten bringen, in denen die Walkultur etabliert wurde.

Ich setze mich auf das Deck und schaue auf das Ufer, das sich um mich herum erstreckt. Nur hier oben in den reichen arktischen Gewässern konnte eine solche Hochkultur auf der Grundlage der Jagd statt der Landwirtschaft entstehen. Es ist eine ganz andere Art, eine solche Kultur auf hohem technischen Niveau zu etablieren, als wir es normalerweise kennen.

Eine solche Kultur muss sich auch über einen langen Zeitraum entwickelt und verbreitet haben, bis sie die Bereiche ausgefüllt hat, in denen diese Technologie nutzbar war. Die Walkultur konnte sich von Natur aus nicht aus den reichen nördlichen Meeren ausbreiten, die jeweils ausreichend Zugang zu Meeressäugern hatten, da sie dann nicht mehr in der Lage wären, die Ressourcen zu finden, auf denen ihre Kultur beruhte. Und als die Kälte nach dem Holozän-Maximum kam, war es auch ihr Untergang. Der einfache Zugang zu ihren

Rohstoffen ist verschwunden und hat den Teppich unter ihrer Kultur weggezogen.

Sie müssen an einem Ort entstanden sein, an dem die neuen wärmeren Bedingungen am Arktischen Ozean zugänglich geworden sind und gleichzeitig eine Bevölkerung existiert hat, die sich dort ausbreiten konnte und an die arktischen oder kälteren Meere gewöhnt war.

Dies hat mir zumindest das Ziel gegeben, meine Arbeit fortzusetzen, wenn ich von hier zurückkomme. Ähnliche Gesteine müssen an anderer Stelle beschrieben worden sein.

Im Fjord sehe ich einen Walkamm über der Wasseroberfläche aufsteigen. Hier im Sommer sind sie hier reichlich. Aber für den Winter wird das Eis das Gebiet entlang der Ostküste schließen. Es sind die Winterbedingungen, die für die Walkultur zu viel waren.

Unterhalb des Holozän-Maximums war das Meer im Winter noch zugänglich sein, um den Zugang zum lebenswichtigen Schmalz zu ermöglichen. Ohne sie keine Walkultur. Es ist beunruhigend, darüber nachzudenken, wie abhängig eine Kultur von einem einzelnen Produkt sein kann und wenn es weg ist, ist die Kultur genauso.

Nach einer weiteren leichten Schlafphase gehe ich wieder zu meiner Klippe, die langsam bunt wird. Ich bin froh, dass ich viel Farbe mitgebracht habe. Und in vielen Farben, so dass der Fels nun verschiedene Petroglyphen in verschiedenen Farben aufgemalt hat. Durch die Farbcodierung einheitlicher Petroglyphen fällt es mir leichter, sie zu finden, wenn ich zurückkehren möchte, um sie mit anderen zu vergleichen, die ich später finde. Dann kann ich eine Äscherung nehmen und daneben legen, um den Grad der Gleichmäßigkeit zu sehen. Dabei sehe ich die Entwicklung auch in der Darstellung einzelner Konzepte.

Es gibt deutliche Entwicklungen in der Stilisierung, die hin zu einer Bildschrift führen, die aber dennoch Wiedererkennbarkeit lässt. Das ist ein Glück für mich. Es gibt mir Gelegenheit, die Bilder zu lesen.

Es gibt einen deutlichen Hinweis auf eine Entwicklung der Schnitzereien im Laufe der Zeit, wobei deutlich wird, dass sich einige Ideen wie Moschusochse, Feuer, Wal, Robbe, Eisbär usw., die weit verbreitet sind, zu einfachen und schnellen Schnitzereien entwickeln, die bekannt sind.

Hier sehe ich auch deutlich, dass ich nicht von vorne auf der Klippe angefangen habe, sondern irgendwo in der Mitte der Entwicklung, wo einige Zeichen unverständlich waren, bis ich eine ältere, bildhaftere Darstellung fand.

Ich habe jetzt etwa zwei Drittel der Felszeichnungen des Felsens erreicht. Es ist eine große Arbeit und ich konnte nicht alles, was ich gemalt habe, nachvollziehen, aber ich habe einen wirklich guten Einblick in die holozäne Kultur bekommen, die ich jetzt Walkultur nenne.

Viele der Bilder sind Anweisungen über die materielle Kultur, aber es gibt auch viele, die sich auf religiöse Überzeugungen beziehen müssen und einige, von denen ich hoffe, dass sie die Geschichte zeigen, wie die Walmenschen hierher kamen. Es gibt etwas darin, das mir das Gefühl gibt, dass sie diesen Punkt mit ihren Luftschiffen über Wasser erreicht haben und nicht von Westen über Land.

Ist es denkbar, dass sie über das Meer geflogen und von Spitzbergen hierher gelangt sind? Auf Spitzbergen wurden meines Wissens keine archäologischen Funde gefunden, aber das sagt nicht viel aus, da die Walkultur so wenige Hinweise auf ihre Existenz hinterlassen hat. Vielleicht kamen sie von den Schären und der Küste nördlich von Sibirien und kamen über Spitzbergen hierher.

Die Weigerung der Russen, Ausländer an ihre arktische Küste kommen zu lassen, und die begrenzte Erforschung derselben könnte leicht bedeuten, dass es in Nordsibirien und entlang des Arktischen Ozeans noch unentdeckte kulturelle Schichten gibt.

Es könnte dann sein, dass sich die Walkultur entlang der sibirischen Küste und auf den arktischen Inseln bis hierher nach Nordostgrönland ausgebreitet hat und vielleicht irgendwann wieder über sich selbst gestolpert ist, als sie sich auf den arktischen Archipel und Kanada ausgebreitet hat. Mit dem Zugang zu Luftschiffen ist es keine undenkbare Entwicklung und die Kultur hat sich entlang der Küsten und Meere ausgebreitet, wo der wichtige Walfang gut und reichlich war.

Russland wird bei weiteren Untersuchungen nicht leicht, aber vielleicht gibt es Fundbeschreibungen entlang der sibirischen Küste und zu Spitzbergen habe ich Zugang, wenn es Beschreibungen von etwas gibt und es auf Norwegisch vorliegen sollte.

Wenn sich die Walkultur entlang des Arktischen Ozeans sowohl nach Osten als auch nach Westen ausgebreitet hat, sollten auch Beschreibungen zu finden sein. Es gibt viele Möglichkeiten und viel Arbeit, die Beschreibungen anderer Leute zu finden, die vor mir liegen, aber bisher gibt mir der Fels Blut auf den Zahn.

Es gibt mehrere Petroglyphen, die darauf hinweisen, dass die Walkultur aus dem Osten stammt. Die Bilder zeigen sie mit der aufgehenden Sonne im Hintergrund und mit der untergehenden Sonne im Vordergrund. Diejenigen, die sich hier in Scorebyland niedergelassen haben, sind also aus dem Osten hierher gekommen, wo sie auch darstellen, dass sie mit ihren Luftschiffen auf der Suche nach den Walen, deren Wanderung sie hierher führte, auf ein großes Meer gestoßen sind. Es ist deutlich zu erkennen, dass dort, wo die Wale hingingen, folgte die Walkultur. Die Walkultur wurde daher durch die Wanderungen der Wale im Arktischen Ozean geprägt.

Wie die Thule-Kultur und die Inuit von heute, die die große Mutter des Meeres verehrten, so hatte auch die WalKultur eine Verehrung des Meeres, aus der die bedeutenden Wale und zum Teil auch Robben und Walrosen stammten.

Ich finde mehrere Petroglyphen einer Person, die mit ausgestreckten Händen unter dem Meer dargestellt ist, aus der Wale, Robben und Fische herausströmen und hinauf zu den Menschen, die in ihren Luftschiffen über dem Wasser warten.

Über ihnen hält die Sonne Wolken und Wind fern, es ist also wolken- und windstill. Dies waren natürlich wichtige Bedingungen für die Walkultur, da starke Winde sie stark vom Kurs abbringen konnten und eine Landung fast unmöglich machten.

Auch heute ist die überwiegende Mehrheit der Tage hier oben klar und ruhig, nur unterbrochen von wenigen, aber heftigen Stürmen und Regenfällen. Es ist gut vorstellbar, dass es während des Holozän-Maximums noch klarere und ruhige Tage im milderen Klima gegeben hat, aber umso mehr waren die Stürme für die Walkultur schrecklich.

Es waren wenige, aber als sie kamen, waren die Luftschiffe in großer Gefahr, wenn sie in der Luft oder auf dem Weg nach oben oder unten waren. Daher war hohes und klares sonniges Wetter von größter Bedeutung.

Viele der Petroglyphen hier unter den religiösen Motiven weisen auch darauf hin, dass das Böse durch Stürme und Winde dargestellt wurde. Das Schlimmste, was sich die Kultur vorstellen kann. Es brauchte kaum Wind zu geben, vor die Landung der Luftschiffe ohne Schaden sehr schwierig geworden ist.

Das sehr gute Wetter in der Arktis und wenige, aber starke Stürme waren sicherlich von Vorteil, schränkten aber auch die Möglichkeiten der Walkultur ein, sich nach Süden auszudehnen. Ihre Luftschiffe hatten es nicht leicht, wenn sie in den vorherrschenden Windgürteln gelandet sind, die wir aus dem Nordatlantik kennen. Das Wetter hat daher auch der Ausbreitungsfähigkeit der Walkultur Grenzen gesetzt.

Ein klares Bild entsteht von einer Kultur mit einer Vorstellung vom lohnenden Meer und der guten Sonne, die den Rahmen einer geordneten und ruhigen Welt bildet, die von lästerlichen Geistern und unwegsamen Bergen im Landesinneren gestört wird. Die Walkultur ist wahrscheinlich in den Küstenebenen geblieben, wie hier in Scoresbyland, wo sie Rentiere und Moschus jagen konnten, ohne zu weit ins Landesinnere zu gelangen, wo plötzliche Windböen zwischen den Bergen auftreten können.

Wie viele andere alte Kulturen hat die Walkultur eine klare Trennung zwischen Ordnung und Chaos. Wie ruhiges Wetter Ordnung und Sturm Chaos war und wie Knud Rasmussen bei den Inuit der Thule-Kultur feststellte, war es wohl auch in der Walkultur wichtig, Tabus einzuhalten, damit keine Unordnung mit all den daraus resultierenden Verletzungen und Krankheiten entstand.

Natürlich kann ich dies nicht endgültig aus den Petroglyphen ableiten, aber es ist sehr nahe, zu dieser Schlussfolgerung zu gelangen, da sie sich mit anderen Gesellschaften deckt, die den Launen des Wetters ausgesetzt waren. Es gibt auch Schnitzereien, die zeigen, wie Menschen für etwas knien, was Berg- und Seegeister sein müssen, damit diese alle zufrieden bleiben und sich nicht streiten, damit die Winde aufsteigen.

Ich bin an diesem Tag so weit gekommen, wie ich kann, also fahre ich noch einmal zurück und segele nach L'Aguila, um mir eine wohlverdiente Ruhe zu gönnen. Ich beschließe, dorthin zurückzukehren, wo die Siedlung war. Es kann sein, dass ich dort etwas mehr finde, wenn ich mich ausgeruht habe.

Aber zuerst setze ich mich hin und schreibe dies und überlege, an welchen Stellen ich nach Fundberichten suchen kann, die sich auf die Walkultur und meine weitere Darstellung davon beziehen könnten.

Oslo kann sein, wenn es Vorkommen von Longyearbyen auf Svalbard gibt. Ich beschließe, mich über meine Iridium-Verbindung mit dem Internet zu verbinden. Satellitenverbindungen sind teuer, aber ich denke, es lohnt sich, kurz nachzusehen, ob es Berichte aus den Archiven in Oslo geben sollte.

Es dauerte einige Zeit, aber es stellte sich heraus, dass es von einer der Fram-Expeditionen eine Notiz über eine Klippe mit seltsamen Einschnitten gab, die sie aufgrund eines Berichtes eines vor Anker liegenden Walfängers besucht hatten. Ich schreibe schnell die Position auf. Es muss ein später zu besuchender Ort sein. Jetzt habe ich etwas, womit ich weitermachen kann.

Ich schalte den Computer aus und gehe zur Ruhe.

Gleich nach dem Frühstück gehe ich wieder an Land und fahre direkt auf die Hügelkuppe, wo ich die Walrippe gefunden habe. Ich bin überzeugt, dass es der richtige Ort für eine Siedlung war. Also machte ich mich sofort daran, den Ort zu erkunden. Die Torfschicht in Grönland bildet sich sehr langsam, sodass der Berg nicht weit unter dem Gras liegt.

Die Walkultur hat der Nachwelt nicht viel hinterlassen. Insofern war es keine Gebrauchs- und Wegwerfkultur. Zu meiner großen Freude finde ich jedoch einen Knochensplitter, der eine Nähnadel gewesen sein muss. Es kann irgendwann verloren gegangen sein und daher nicht mitgebracht werden. Allerdings ist hier nicht mehr viel zu finden. Ich entschließe mich daher, es mit ein wenig Grabarbeit zu versuchen und ziehe meine Feldschaufel heraus und fange an, die Torfschicht abzukratzen.

Der Fels ist direkt darunter, so dass ich nicht viel Ausgrabungsarbeit bekomme.

Plötzlich fällt mir ein, dass ich versuchen sollte, den Torf dort wegzugraben, wo ich die Walrippe gefunden habe.

Ich gehe dorthin und fange an, den Torf um die Rippenmarkierung herum wegzukratzen. Dann stoße ich auf eine Vertiefung im Fels etwa in der Breite der Rippe.

Für einen Moment überlege ich, was es bedeutet, aber dann fällt es mir ein. Wenn dies ein ständiger Wohnsitz war, dann haben sie Vertiefungen gemacht, um ihre Walhallen fest zu machen! Das muss es sein!

Ich kann die Depression völlig frei graben. Es ist eine feine und regelmäßige Depression. Es trägt das Zeichen der Verarbeitung. Wahrscheinlich verbrannten sie Schmalz, um das Gestein so zu erhitzen, dass es explodierte, woraufhin sie lose Steine herausarbeiteten und dann wieder brannten, bis sie die gewünschte Vertiefung hatten, um ihre Walhallen einzupflanzen.

Ich gehe von der gefundenen Senke aus und grabe in die Richtungen, die für eine rechteckige Halle, die zusammen mit anderen Hallen sternförmig von der Mitte aus angeordnet ist, am sinnvollsten sind.

Zu meiner großen Freude werde ich bald weitere Depressionen ausgraben. Sie stehen in einer Reihe mit etwa einem Meter bis eineinhalb Metern dazwischen und zwei Metern nach innen. Es ist sehr ähnlich, wie ich es auf den Petroglyphen gesehen habe!

Im materiellen Sinne haben sie nicht viel hinterlassen, aber ihre Schnitzereien in den Fels zeigen ihre Existenz!

Bald habe ich das gesamte Fundament der Halle freigelegt. Es war zwei Meter breit und acht Meter lang. Ich lächle in mich hinein. Dies zeigt deutlich eine Übereinstimmung zwischen den Petroglyphen und den archäologischen Realitäten. So können auch die Luftschiffe Realität werden.

Ich begann am Ende der Halle, die sich nach innen in die Sternform gedreht haben muss, um Vertiefungen für die anderen Hallen zu finden. Es dauert nicht lange, dann habe ich das nächste und das nächste gefunden. Es gab acht Walhallen, die vom Zentrum ausgegangen sind und hier auf dem Hügel mit guter Aussicht auf das Meer einen achtzackigen Stern gebildet haben. Es ist ein riesiger Erfolg! Ich habe eindeutige Reste gefunden!

Ich bringe die Walrippe, die ich zuerst gefunden habe, zurück zur Fundstelle und lege sie in die Vertiefung. Es gleitet gerade nach unten und steht von selbst. Zusammen mit denen, die in den anderen Vertiefungen waren, haben sie Säulen gebildet, die sich leicht nach innen biegen. Sie müssen dann irgendwie nach innen mit der Mitte verbunden gewesen sein, damit die Halle eine Struktur erhält, aber es ist ganz klar, dass die Rippen auf diese Weise verwendet wurden. Hier wurden sie in den Felsvertiefungen montiert, aber dort, wo der Torf tiefer war, konnten die Rippen ohne Zweifel niedergeschlagen werden, damit sie standen. Es muss die Lösung für temporäre Siedlungen gewesen sein, die nicht immer wieder genutzt wurden.

Ich habe das Glück, dass es hier eine Erhöhung gegeben hat, die immer wieder verwendet werden konnte. Es war also sinnvoll, Zeit und Energie aufzuwenden, um die Vertiefungen zu schaffen, die ich dann finden konnte.

Ich habe einige Markierungspfähle mitgebracht, die ich nun in allen Vertiefungen montiere, damit ich einen klaren Überblick über die Siedlungsstruktur bekomme.

Es erstaunt mich, wenn die Walkultur sonst so gut darin war, nichts zurückzulassen, dass sie dann diesen Rippenpfosten hinter sich gelassen haben. Die Knochennadel verschwindet leicht, aber die Rippe ist doch sichtbar, warum also bleibt sie übrig? Es wurde zu einer Zeit verlassen, als sie nicht zurückgekehrt sind. Kann ich natürlich nur vermuten. Es ist zumindest zurückgeblieben, auch wenn es sonst so wenig gibt.

Ich gehe weiter und recherchiere die Siedlung. Es ist wirklich gut aufgeräumt worden.

Ich gehe ein wenig um die Siedlung herum. Es kann sein, dass Reste von Abfallhaufen vorhanden sind, die eine gute Fundquelle darstellen. Wenn ich die Küchenabfälle des Walvolkes finde, finde ich vielleicht eine Fundgrube. Da die Torfschicht dünn ist, sollte ich sehen können, ob sich in der Nähe der Siedlung eine Ansammlung befindet.

Ich laufe in Kreisen um die Siedlung herum, die ich ständig ausweite, um das Gebiet so gut wie möglich abzudecken, aber ich finde nichts. Hatten sie wirklich keinen Küchendünger? Das kann nicht wahr sein. Ich schaue auf den Fjord, der bis zum Hügel reichen hatte, als er bewohnt war. Vielleicht haben sie es ins Meer geworfen, dann sind alle Spuren gelöscht und es wäre ein hygienischer Vorteil für sie, wenn der Müll einfach weggespült würde. Es muss fast sein. So wurde die Siedlung sauber und ordentlich gehalten.

Ich gehe zurück zu den Vertiefungen oben auf dem Hügel. Wenn ich die ganze Oberseite von Torfschichten freikratze, habe ich wahrscheinlich die besten Chancen, etwas zu finden. Es steckt ein bisschen Arbeit darin, aber die Schicht ist dünn, so dass ich nicht länger brauche, bis ich nach L'Aguila zurückkomme, um wieder zu schlafen.

Ich schaffe es, den Rest der Klippe unter der Spitze des Hügels freizulegen. Ich finde auch ein paar andere Knochenfragmente, von denen eines die Spitze einer Harpune sein könnte, aber es sind sehr wenig. Die Rippe bleibt mein größter Fund.

Mir ist klar, dass ich hier auf dem Hügel nicht mehr finden werde, aber ich bin jetzt eigentlich ganz zufrieden. Die Vertiefungen sind eindeutige Hinweise auf eine Siedlung und ich hatte nicht erwartet, sie zu finden, als ich hierherkam, um den Felsen mit den Felsritzungen zu untersuchen.

Ich kehre an Bord der L'Aguila zurück und katalogisiere meine wenigen Fundstücke und lagere sie ein. Morgen kann ich mit dem Malen der Petroglyphen fortfahren. Auf dem Hügel habe ich gefunden, was ich kann.

Am nächsten Tag kehre ich zum Felsen mit den Petroglyphen zurück. Alle Farben meiner Bilder machen es sehr lebendig zu sehen. Ich habe einen langen Weg zurückgelegt, aber es gibt immer noch etwas, das mir mehr über die holozäne Walkultur und ihre Geheimnisse zeigen kann.

Ich freue mich, wieder loszulegen. Schade, dass die Kamera nicht funktioniert. Ich komme gut voran und finde jetzt etwas, das wie Begräbniszeremonien aussieht. Was haben sie mit ihren Toten gemacht, jetzt wo so wenige Spuren übrig sind? Die Antwort kommt schnell und passt zu meiner Vorstellung davon, was sie mit all den anderen Resten gemacht haben.

Sie bringen den Toten hinab in das gebende Meer, das nun den Toten als Sühne für das empfängt, was er im Laufe des Lebens aus dem Meer empfangen hat. Es ist ein ziemlich offensichtlicher Zyklus, der hier ausgelegt wird. Was das Meer gegeben hat, wird wieder zurückgegeben.

Aus weiteren Petroglyphen wird bald klar, dass es allgemein war, wenn etwas seine Verwendung eingestellt hat, dann wurde es dem großen Meer zurückgegeben. Hier gibt es also kaum eine Chance, Küchenmist zu finden. Sie haben dem Meer alles zurückgegeben. Es kann also nur das gefunden werden, was verloren oder zurückgelassen wurde.

Dies erschwert das Auffinden von Resten der Walkultur etwas und trägt wahrscheinlich auch dazu bei, dass diese archäologisch unbekannt ist. Aber nur weil eine Kultur keine klaren und umfassenden Spuren hinterlässt, wird sie dadurch nicht weniger real.

Glücklicherweise haben sie Spuren in den Fels gehauen, die ich jetzt aufdecken kann. Eine hochmobile Kultur, die mit Luftschiffen den Arktischen Ozean entlang gereist ist und das Meer und die Tiere des Landes von oben gejagt hat. Von diesen Tieren haben sie dann alle ihre materiellen Notwendigkeiten produziert.

Alles deutet darauf hin, dass die Verwendung von Steinen für Werkzeuge so gut wie unbekannt war. Schmalzlampen, die in der späteren Saqqaq-Kultur gefunden wurden, müssen daher eine Weiterentwicklung dieser Kultur sein. Möglicherweise inspiriert von den Schmalzlampen in Knochen, die die Walkultur angetrieben haben.

Ich frage mich, welchen Hintergrund die Walkultur gehabt haben mag, da sie so fast völlig versäumt hat, Stein als anderesKulturmaterial zu verwenden, als Petroglyphen oder Vertiefungen einzuritzen? Woher kamen sie, dass sie für ihre Werkzeuge keine Steine verwendeten, sondern nur Produkte, die sie ihrer Beute entnehmen konnten? Welche Verbindung in ihrer kulturellen Vergangenheit mag dazu geführt haben?

Das erfahre ich hier kaum, aber mir fällt auf, dass das Meer als Quelle aller Ressourcen ein immer wiederkehrendes Bild ist. Die Jagd auf Landtiere scheint zweitrangig und vielleicht neuer zu sein. Kann es eine Antwort darauf geben? War der Ursprung der Walkultur noch stärker mit dem Meer verbunden als die der Petroglyphen, die ein später Schritt in der Kultur vor ihrem Niedergang in Richtung der Independence- und Saqqaq-Kulturen sein müssen?

Viele Überlegungen treffen auf mich zu, wenn ich nach L'Aguila zurückkehre, um nach den Strapazen des Tages etwas Ruhe zu finden.

Während ich mein wohlverdientes Abendessen esse, schaue ich mir die Position auf Spitzbergen an, die ich vorher aufgeschrieben habe. Wenn ich hier fertig bin und zu Hause bin, um weitere mögliche Erzählungen zu finden, kann dies sehr gut mein nächstes Ziel werden.

Auf Spitzbergen gab es danach keine Inuit-Kulturen, so dass hier die Walkultur ausgestorben sein wird ohne Nachfolger zu haben, bevor wir auf den Inseln ankamen. Das ist praktisch, denn dort wird nachgewiesen, dass Funde keiner späteren Kulturschicht angehören, sondern ganz aus einer inzwischen ausgestorbenen Kultur stammen.

Es besteht kein Zweifel, dass dies die nächste Station meiner Reise sein muss. Zuerst muss ich jedoch nach Hause zurückkehren, um alles zu verarbeiten, was ich aus Scoresbyland bringe.

Der Fels mit den Petroglyphen ist eine reine Goldgruppe und hat mir ein Bild dieser ausgestorbenen Kultur gegeben, die so weit fortgeschritten ist und doch einen so begrenzten Eindruck in der Welt hinterlassen hat.

Es regt zum Nachdenken an, dass es möglicherweise so wenige Überreste vergangener Kulturen gibt, dass unser Geschichtsbild in vielerlei Hinsicht verzerrt ist, weil wir diejenigen nicht sehen, die keine klaren Gebäude verlassen haben, und unsere Suche sich auf die ansässigen bäuerlichen Kulturen konzentriert. Es kann eine Voreingenommenheit erzeugen, die uns dazu bringt, Kulturen nicht zu sehen, die auf der Jagd basieren, aber immer noch sehr fortgeschritten sind, da die Jagd eine Fülle war, wie es bei der Walkultur vor ihrem Niedergang der Fall war.

Ich freue mich darauf, mehr Berichte zu recherchieren, die Ideen über andere Gebiete liefern können, die von Walkulturen bewohnt wurden, wenn ich nach Hause komme. Es wird sicherlich eine Pferdearbeit sein, Expeditionstagebücher auf der Suche nach kleinen Hinweisen auf Petroglyphen auf Felsen zu lesen, aber es zahlt sich aus, mir ein Bild von der Verbreitung der Kultur zu machen.

Ich glaube, dass sie während des Holozän-Maximums in der Lage gewesen sein muss, den gesamten Arktischen Ozean und die Nordküste der umliegenden Inseln zu umgeben.

Die Schwäche der Kultur bestand darin, dass sie von der offenen See und ruhigen Wetterbedingungen unterhalb des Holozän-Maximums abhängig geworden ist, so dass wenn die Arktis wieder kälter geworden und es zu schnell gegangen ist, als dass sie sich anpassen konnten und die Wale schwieriger zu erfassen wurden, was die materielle Grundlage der Kultur zerstört hat und die Luftschiffe mitsamt den Materialien, aus denen sie gebaut wurden, verschwunden sind.

Die Kultur ist abhängiger von der Landtiere geworden, wie in den Indenpendencekulturen zu sehen ist. Die Nachkommer der Walkultur sind somit über die Independence-Kulturen und die Saqqaq-Kultur zur Dorset-Kultur und zur Tunit-Kultur geworden. Die in Ermangelung der zuvor reichen Ressourcen an Walknochen leitete dazu Steine für Schmalzlampen und andere Werkzeuge zu verwenden
.

So blühte die Walkultur in der Arktis während einer reichen Periode zwischen der letzten Eiszeit und der kälteren Periode, die dem holozänen Maximum in historischer Zeit folgte. Es ist eine zum Nachdenken anregende Geschichte darüber, wie wichtig die klimatischen Bedingungen für die Existenz einer Kultur sind, die zum Nachdenken anregt. Für die Walkultur schlossen sich die lohnenden Hände des Meeres mit verheerenden Folgen.

Die Zeit an Bord der L'Aguila erlaubt es mir, all diese Eindrücke zu verarbeiten, aber ich muss auf jeden Fall schlafen, obwohl auch im Norden die Sonne scheint.

Nach einem wohlverdienten Schlaf gehe ich wieder an Land. Es gibt nach und nach nicht viel von den Petroglyphen, das ich nicht bemalt habe und ich habe das Gefühl, ein Bild von einer erstaunlichen

Kultur aufgebaut zu haben, die hier vor so langer Zeit gelebt hat. Ich habe einen Einblick in ihre vergangene Welt, aber im Nebel der Zeit ist noch so viel verborgen. Insbesondere bin ich neugierig geworden, woher diese Kultur gekommen sein könnte, bevor sie hier in Grönland Scoresbyland erreichte?

Meine späteren Reisen haben so viel Substanz, wo ich hoffe, andere Orte klären zu können, die von dieser Kultur bewohnt wurden, die von den Giganten des Meeres ebenso abhängig war.

Ich fange an, die Petroglyphen auf den verbleibenden Felsen zu malen. Vielleicht habe ich das Glück, Schnitzereien zu finden, die auf das Ende dieser Kultur hinweisen können. Nun, da sie ihre Lebensgeschichte in den Fels gehauen haben, könnte es sein, dass auch sie die Geschichte ihres Todes für die Nachwelt eingemeißelt haben.

Allerdings bin ich zunächst enttäuscht. Alles, was ich finde, sind mehrere Reproduktionen von Opfern im Meer und der Jagd auf Beute.

Aber wie finde ich auch ihren Niedergang und ihr Verschwinden reproduziert? Wie würden sie es in Bildern auf der Klippe zeigen? Ich weiß es natürlich nicht! Ich finde nur das, was ich bereits gefunden habe. Die Petroglyphen kehren wieder. Das ist gut, wenn man die Bilder kennt, aber ich hatte gehofft, etwas Neues zu finden.

Ich setze mich unter die Klippe und schaue auf die bemalte Oberfläche. Ich bin weit gekommen. Jetzt ist weniger als ein Zehntel übrig. Bald wird es Zeit für meine Abreise.

Es macht mich ein bisschen traurig. Es ist ein wunderschöner Ort, aber ich will doch nicht hier sein, wenn der Winter hier seinen eisigen Griff schließt. Der eisige Griff, der auch der Walkultur ein Ende bereitete, als das heiße Wetter vorbei war.

Ich stehe auf und nehme das Gewehr über die Schulter, um in der Gegend spazieren zu gehen. Manchmal ist es am besten, einfach herumzulaufen, um den Kopf frei zu bekommen.

Die Sonne scheint auf die grasbewachsenen Flusstäler, wo die Vögel herumfliegen und Insekten in der Luft fangen. Die Arktis kann im August eine reine Mücke- und Fliegenhölle sein, aber auch eine Goldgrube für Vögel, die diese Delikatesse genießen. Alles muss schnell gehen in dem kurzen Sommer, der reich und lohnend ist, bis die Sonne wieder untergeht.

Auch zu Zeiten der Walkultur ist die Sonne in den Wintermonaten verschwunden. Dies mussten sie durchmachen, obwohl das Wetter wärmer war. Wie haben sie die dunkle Jahreszeit überstanden, wenn die Sonne sie im Stich gelassen hat und sie es schwer hatten, ihre Beute von den Luftschiffen aus zu sehen? Hatten sie Vorräte aus dem Sommer, um durch die Dunkelheit zu kommen? Oder haben sie den Süden gesucht, wo kaum der Tag Licht in die Dunkelheit gebracht hat? Wenn sie auf Spitzbergen waren, haben sie das kaum getan, aber hier in Grönland konnten sie nach den Süden reisen.

Ich habe keine Petroglyphen gefunden, die mir eine Antwort auf diese Frage gegeben haben. Und doch ist es eine wichtige Frage. Wie haben sie es durch die Dunkelheit geschafft?

Die späteren Kulturen fingen vom Meereis, aber es war nicht einfach im wärmeren Klima der Walkultur, wo es mit dem Meereis nicht stabil war.

Ich habe hier eine beträchtliche Zusatzfrage gefunden, auf die ich angemessenerweise eine Antwort suchen kann. Sogar unterhalb des Holozän-Maximums wird der Winter hier oben hart und lang gewesen sein. Wie haben sie es geschafft?

Ständig tauchen neue Fragen auf. Das ist bei der Archäologie der Fall! Jeder Spatenstich bringt neue Geheimnisse hervor, die nach einer Antwort verlangen.

Es kann sein, dass ich beim erneuten Betrachten der Petroglyphen etwas Neues sehe. Vielleicht sehe ich es nur, wenn ich zu Hause durch den Zeichnungen gehe. Es warten immer wieder neue Fragen und Antworten.

In der Ferne sehe ich Moschusochsen umherwandern. Sie haben die Eiszeit und das Holozän-Maximum bis heute überlebt. Umso besser als die anderen Eiszeitgiganten, die mit dem Eis verschwanden, während die Walkultur die Arktis hinaufzog.

Nun, da die Walkultur für die Erhaltung ihrer Kultur so stark von Walen abhängig war, könnte es offensichtlich sein, dass sie den Walen nach Norden gefolgt haben, während sich das Eis zurückgezogen hat. Vielleicht sind sie einfach dort gefolgt, wo ihre Beute am häufigsten war, bis sie den Gipfel der Welt erreichten, wo sie dann von der

Rückkehr des Eises überrascht wurden und die lange arktische Nacht zu lang war.

Es ist nicht unvorstellbar, dass die Walkultur mit den Walen aus dem Süden gekommen ist, da sich das Eis der Eiszeit zurückgezogen hat und die Walkultur einfach nachgezogen hat.

Es könnte Sinn machen. Mir fällt auf, dass die Kultur nicht unbedingt für die lange arktische Nacht geeignet war, da die Jagd von ihren Luftschiffen im Dunkeln fast unmöglich war. Sie mussten große Vorräte für den Winter sammeln.

Ihr Mangel an Steinkultur deutet auch auf mangelndes Wissen über die Nutzung der Ressourcen des Landes hin. Erst mit dem Untergang ihrer auf Walen basierenden Kultur haben sie begonnen, Steine in den Indenpendence-Kulturen, der Saqqaq-Kultur und der Dorset-Kultur zu verwenden. Der Trend zur Nutzung von Landressourcen nimmt zu, da die Rückkehr des Eisdecks den Walfang von Luftschiffen erschwert und letztendlich unmöglich gemacht hat.

Aber das wirft wieder die dringende Frage auf; Woher kommt die Walkultur?

Wenn sie vor dem holozänen Maximum die Wale von der Eiskante gejagt haben, dann haben sie möglicherweise der Eiskante nach Norden gefolgt, da sie sich zurückgezogen hat, und schließlich, da sich das Eis vollständig zurückgezogen hat, sind sie auf den arktischen Inseln gelandet und verfolgen von dort aus ihren Fang. Hier haben sie dann begonnen, die vorhandenen Klippen zu nutzen, um ihre Geschichte in Stein zu erzählen. Das erste, wofür sie Steine verwendet haben.

Dass sie während der Eiszeit möglicherweise auf dem Eis gelebt haben, könnte auch erklären, warum sie für ihre Gebäude Löcher in den Fels gemacht haben. Auf Eis haben sie ihre Walhallen in Vertiefungen im Eis montiert und seit sie an Land gegangen sind, haben sie dasselbe im Torf und im Fels gemacht, was dauerhafter, aber auch schwieriger zu machen war. Sie konnten aber dann immer wieder in die Siedlung zurückkehren, während sie den Walen folgten.

Ich setze mich und schaue auf das Meer, wo Eisberge und Treibeis träge vorbeitreiben. Ich habe es hier vielleicht wirklich mit einer nautischen Kultur zu tun, die an Land gegangen ist, weil das Eis, auf dem sie während der Eiszeit gelebt haben, unter ihren Füßen geschmolzen ist. Die Idee ist fantastisch, aber in allem, was ich über die Walkultur finde, ist klar, dass Landtiere etwas Neues und Nebensächliches waren, während Meerestiere und insbesondere Wale der entscheidende Faktor waren.

Es bedeutet leider auch, dass es sehr schwierig sein wird, dieser Kultur zu folgen und weitere Beweise zu finden, da das meiste davon im Meer verschwunden ist. Nur hier oben, wo sie schließlich unter der Hitze des Holozän-Maximums an Land gezwängt wurden, haben sie in Felsen gehauene Spuren hinterlassen. Oder hoffentlich dort, wo ihr Leben entlang der Eiskante in Kontakt mit Land war.

Daran muss ich arbeiten. Ich muss Spuren davon aus Geschichten auf den arktischen Inseln finden und was möglicherweise entlang der Küsten war, wo das Eis während der Eiszeit angekommen ist. So kann ich die Ursprünge der Walkultur im Dunkel der Eiszeit noch weiter zurückverfolgen.

Es scheint denkbar, dass die Walkultur entlang der Eiskante der eiszeitlichen Ozeane entstanden ist, wo der Winter weniger dunkel war und die Jagd von Luftschiffen das ganze Jahr über möglich war und seit sich das Eis am Ende der Eiszeit zurückgezogen hat, hat die Walkultur dem Eis und den Walen nach Norden gefolgt.

Diese Idee macht für mich Sinn und erklärt auch den völligen Verzicht auf die Nutzung landgebundener Ressourcen. Wenn die Walkultur die gesamte Eiszeit auf Meereis verbracht hat, dann macht es Sinn, dass alle ihre Techniken auf den Ressourcen basieren, die sie aus ihrer Meeresbeute gewinnen konnten.

Mein Herz füllt sich mit immer größerer Neugier. Mir wird klarer, dass ich hier das erste Stück in einem ganz neuen und unbekannten Kapitel der menschlichen Kulturgeschichte gefunden habe.

Eine Kultur, die so grundlegend anders ist und eher auf dem Meer als auf dem Land basiert war. Sie kann die menschliche Kulturgeschichte weit in die Vergangenheit zurückführen und zeigen, dass Kultur auf eine Weise möglich war, die sich grundlegend von den Agrarkulturen unterscheidet, die wir von der Archäologie gewohnt sind.

Eine Entwicklung der Jägerkultur, die aufgrund des Reichtums der Jagdbasis viel reicher und entwickelter sein konnte als die Jägerkulturen an Land. Mit ihren Luftschiffen ist es der Walkultur gelungen, das gesamte Meer entlang der Eisränder zu beherrschen.

Es ist etwas Besonderes, daran zu denken, dass ihre Präsenz hier in der Arktis, die von ihren Petroglyphen so bestätigt zu sein scheint, ein Rückgang war, wo sie dem Eis und den Walen folgen mussten, als sie nach Norden zogen und als das Eis endlich wieder zunahm , war es der Untergang der Kultur, da sie zu dieser Zeit an Land gegangen sind und ihre auf Walen basierende Kultur nicht sowohl an Eis als auch an Dunkelheit anpassen konnten.

Die Sturmgeister haben nach den Petroglyphen die Walkultur gezwungen, eine Land- und Robbenkultur zu werden, wie wir sie schließlich von der Dorset-Kultur und ihren Technologien kennen, die an Stein angepasst war, während der Schmalzlampen in Stein umgewandelt wurde. Aber was bisher von vielen Walen abhängig war, ist verschwunden. Ihre großen Walzelte wurden so zu Torfhütten.

Auf diese Weise wird eine Kultur, die für Eis und hellere Bedingungen geeignet war, mit dem Eis nach Norden gezogen, aber als das Eis zurückkam, waren sie sowohl der Kälte als auch der winterlichen Dunkelheit nicht gewachsen. Die Walkultur konnte mit der Eiskante im Süden einfach nicht mithalten, sondern wurde tief hinter dem Eis gefangen und verwandelte sich in eine Land- und Küstenkultur.

Sie zeigt, wie abhängig eine Kultur von den spezifischen Landschafts- und Klimabedingungen ist, die ihr zugrunde liegen. Wenn diese Bedingungen verschwinden, verschwinden auch die kulturellen Elemente.

Die berühmtesten Kulturen für die Nachwelt werden dann diejenigen sein, die die meisten Spuren in der Landschaft hinterlassen, wie wir sie von den mediterranen Kulturen kennen, während eine Kultur wie die Walkultur vom Meer, auf dem sie so stark aufbaute, verschlungen wird.

Nachdem ich durch die wunderschöne Landschaft gewandert bin und so meinen Gedanken freien Lauf gelassen habe, kehre ich zu der

Klippe zurück, wo die Walkultur schließlich Spuren für die Nachwelt hinterlassen hat.

Ich bin so lange unterwegs, dass es wieder Zeit ist, nach L'Aguila zurückzukehren und wieder zu schlafen, aber morgen werde ich fertig machen. Alles hat meine Erwartungen weit übertroffen, ich habe mehr gefunden, als ich mir erträumt habe und kann mich auf viel Arbeit freuen. Meine Reisen werden mich in Zukunft auf meiner Suche nach der Vergangenheit der Walkultur noch weiter zurückführen, um ihre Ursprünge in der Antike der Menschheit wiederfinden zu können.

Nachdem ich an Bord L'Aguila geschlafen und gegessen habe, kehre ich zu der Klippe zurück, die hell leuchtet. Nach den gestrigen Gedanken gibt es mehrere Petroglyphen, die früher mysteriös waren, die jetzt in einem anderen Licht vor mir erscheinen.

Vor allem sehe ich jetzt deutlich den Rand, der den Rand des Eises anzeigen muss, wo die Walfänger ursprünglich lebten und wie sie schließlich an Land gezwungen wurden. Die ganze Erwärmung, die sie in die Arktis gebracht hat, kann als Rezession interpretiert werden! Sie wurden nach Norden und an Land gezwungen!

Ich arbeite mich schnell vor und finde Petroglyphen, die das Problem der Luftschiffe bei Einbruch der langen arktischen Nacht zeigen und wie im Sommer Depots abgebaut wurden, um die lange Nacht zu überstehen und die Angst vor dem Verschwinden der Sonne.

Es gibt so vieles, was mir jetzt, wo ich so viel gesehen habe, immer klarer wird. Es war schrecklich für diese Menschen, an Land gezwungen zu werden, und am Ende hat es ihre Kultur untergraben, dass sie sich an das Land anpassen mussten. Ich bin jetzt fertig. Alles ist bemalt und ich habe von allen Petroglyphen zeichnungen gemacht.

Ich trete einen Schritt zurück und bewundere den mittlerweile bunten Felsen, der mich über die Jahrtausende hinweg anspricht.

Es ist die Ironie des Schicksals, dass ich, wenn die Walkultur nicht an Land gezwungen worden wäre und mit der Herstellung von Petroglyphen begonnen hätte, keine Spur davon hätte finden können. Was zu ihrem Untergang wurde, war auch das, was sie für die Nachwelt hinterlassen hat. Sonst hätte das Meer alles ausgelöscht!

Ich bewundere meine Arbeit und all die wunderschön gemeißelten Petroglyphen, die jetzt deutlich auf den Felsen gemalt erscheinen. Sie erzählen die Geschichte einer bisher unbekannten Kultur, die nun aus der Dunkelheit des Verderbens auftaucht und einen viel älteren und tieferen Ursprung der arktischen Kulturen zeigt, die nun erkundet und erzählt werden können.

Für mich wird es eine Freude sein, derjenige zu sein, der in dieser Geschichte die ersten und hoffentlich weiteren Steine legen kann, damit ich gemeinsam mit der Walkultur noch weiter zurück in ihre Urzeit reisen kann bis zum Gebiet, von denen sie aus kam und schrieben damit ein ganz neues Kapitel in die menschliche Kulturgeschichte ein.

Hier habe ich Spuren einer Meereskultur gefunden, die von den im Meer abgebauten Ressourcen gelebt und damit ein erstaunlich hohes technisches Niveau erreicht hat. Die nächste andere Kultur, von der wir wissen, dass sie so stark am Meer orientiert war, ist die austronesische Kultur, die sich über die vielen Inseln Polynesiens verbreitete, aber sie verfolgten die Inseln. Die Walkultur scheint sich am Eis orientiert zu haben und ging erst an Land, als das Eis selten wurde. Dies macht es einzigartig in Bezug auf andere Kulturen, in denen das Meer eine Lebens- oder Reiseform ist, aber immer an Land zieht, um Schutz vor dem Wetter zu finden. Aber mit Eis hat man eine Art festen Boden unter den Füßen.

Jetzt bleibt mir nichts anderes übrig, als zu packen und all meine Arbeit wieder an Bord der L'Aguila zu holen. Ich habe hier viel gearbeitet, aber vor mir liegt eine noch größere Aufgabe darin, mir einen Überblick über alles zu verschaffen, die ich gemacht habe, und meine nächste Reise nach Spitzbergen vorzubereiten, um die Geschichten zu untersuchen, die ich über Gesteine mit Petroglyphen gefunden habe. Es könnte mir eine Vorstellung davon geben, woher die Walkultur und all ihre Geheimnisse kamen, bevor sie die Ostküste Grönlands erreichte.

Wenn ich wieder in L'Aguila bin, packe ich alles gut zusammen und mache mich bereit, Anker zu lichten. Es gibt eine schöne ablandige Brise, mit der ich die Segel setzen kann, um aus dem Fjord und nach Hause zu kommen. Dann spare ich auch noch etwas Motorleistung. Es ist etwas Besonderes, den Wind zu reiten.

Während ich aus dem Fjord komme, schaue ich zurück zur Küste und die Klippe hinauf, wo ich wahrscheinlich meine Farbarbeiten sehen kann. Dieser Felsen ist der letzte der Walkultur, aber der erste auf meinen Reisen zurück zu dieser einzigartigen und vergessenen Kultur, die der Ursprung späterer arktischer Kulturen ist, die jedoch vergessen wurde, weil sie so wenig Auswirkungen hinterlassen hat und seine Überreste wurden von dem Meer verschlungen, von dem die Kultur so abhängig war.

Außerhalb des Fjords fange ich den Wind ein und starte nach Süden. Auf meinem Heimweg werde ich in Scoresbysund und Reykjavik Halt machen, bevor ich nach Hause in Sevilla komme.

Von hier aus kann ich dann mit der Arbeit an meinen bevorstehenden Reisen und meiner Arbeit über die Walkultur und ihre möglichen Ursprünge beginnen.

An Steuerbord gleitet die grönländische Küste mit all ihren verborgenen Geheimnissen ruhig vorbei. Was kann sich hier zwischen den Bergen des Vergessens noch verstecken? Könnte es noch mehr Felsen geben, wie der ich gerade gemalt habe? Spätere Studien könnten dies klären, um die Landschaft ihren Geheimnissen zu entreißen und der Archäologie von vergessenen Zeiten erzählen, die darauf warten, entdeckt zu werden.